Sergio Faraco

VIVA O ALEGRETE

Histórias da fronteira

www.lpm.com.br
L&PM POCKET

Coleção L&PM Pocket, vol. 257

capa: Ivan Pinheiro Machado
revisão: Sergio Faraco
editoração: Jó Saldanha
produção: L&PM Editores

ISBN 85.254.1147-7

F219v Faraco, Sergio, 1940-
Viva o Alegrete / Sergio Faraco. -- Porto Alegre: L&PM Editores, 2001.
120p. ; 17 cm. -- (Coleção L&PM Pocket)

1. Literatura brasileira-Crônicas. I. Título. II. Série.

CDD 869.98
CDU 869.0(81)-94

Catalogação elaborada por Izabel A. Merlo, CRB 10/329.

Porto Alegre: Rua Comendador Coruja 314, loja 9 - 90220-180
Floresta - RS / Fone: (0xx51) 3225.5777
Informações e pedidos: info@lpm.com.br
www.lpm.com.br

Impresso no Brasil
2001

Sumário

Viva o Alegrete

Robert Louis Stevenson, no prefácio de *O morgado de Ballantrae*, afirma ter cometido dois erros em sua vida. Um, ter deixado a terra natal. Outro, ter voltado.

Os escritores, em regra, mantêm uma relação problemática com o lugar onde nasceram. Mario Quintana não era uma exceção. Houve um tempo em que, no seu coração, desgostar do pago era o sentimento dominante. "Em Alegrete, quem não é fazendeiro é boi", declarou numa entrevista, em seus primeiros anos de poeta.

O agressivo *trouvaille*, na época, não teve grande repercussão, pois Quintana ainda não era considerado um grande poeta. Mais tarde, quando já se tornara nacionalmente conhecido, um jornal de Porto Alegre reproduziu a infeliz entrevista. Foi quanto bastou para arder na ex-Capital Farroupilha a chama da revolução, e um monumento em sua homenagem, na praça, amanheceu coberto de tinta.

Nos anos setenta, o poeta e a cidade se reconciliaram e foi dado seu nome à biblioteca de importante estabelecimento de ensino. Quanto ao monumento, continua na praça, ostentando mais um *trouvaille* desse mestre da ironia e do sarcasmo: "Um engano em bronze é um engano eterno".

Sem querer me gabar, sempre tive as melhores relações com a cidade, mas dormimos em camas separadas, como os casais modernos, por causa do ronco e das cotoveladas. Ao contrário de Stevenson, contabilizo dois acertos em minha vida. Um, ter deixado a cidade natal. Outro, não ter voltado. A distância, como se sabe, é um incentivo para o amor, e ninguém fica reclamando do cabelo na pia, da pasta de dente sem tampa, da toalha molhada, essas pequenas coisas que, pouco a pouco, vão destruindo os casamentos.

Sou franco, já se vê, ainda que possa ser malcompreendido. E sou fiel: em caso de guerra contra Uruguaiana, eu me alistaria, certamente, nas Forças Armadas de Alegrete.

Meu pai, que é meu pai e tido

por todos como um cidadão exemplar, não há de inspirar igual confiança. Com mais de oitenta anos, precisou submeter-se a uma delicada operação. No corredor de acesso ao bloco cirúrgico, vendo-me e aos meus irmãos, quis deixar uma mensagem para o caso de não resistir à folia dos bisturis. Na maca, ergueu o punho e gritou:

– Viva o Alegrete!

Ali estava um espião querendo fazer média. Em Alegrete, todo mundo sabe que ele nasceu em Uruguaiana.

O anjo da morte

Naquela rua e quarteirões adjacentes o dentista Claudionor Bello era o único morador com telefone, de modo que, freqüentemente, boas e más notícias de Porto Alegre vinham dar no Alegrete pelo Fone 19. Com o tempo e por algum motivo misterioso, ou talvez menos misterioso se figurada a catadura do doutor – olhinhos de rato, nariz de gancho, boca pequena, quase um risco e como desprovida de lábios, e um conjunto que mal disfarçava a caveira –, com o tempo o noticiário alvissareiro passou a eleger outros caminhos, e o Fone 19, pouco a pouco, foi-se tornando exclusivo dos aziagos desenlaces. Naqueles anos morria-se com maior assiduidade, sem muita lengalenga, e o Dr. Bello se desincumbia dos respectivos avisos como de um segundo ofício.

Fez-se conhecido e temido na cidade. Quando apontava na esquina, tremiam as famílias da rua, e na medida que ia ultrapassando as portas sucediam-se os suspiros num cortejo de alívios. De repente parava, olhava para trás ainda a tempo de ver cabeças curiosas se ocultando, e retesava-se. Hierático, levava o nó do dedo à fatídica porta. Três batidas e os moradores, coitados, já podiam ter certeza de que entre a parentalha havia um morto fresco.

Desconte-se o exagero, nem sempre alguém morrera. Às vezes o aviso era de doença. Mas o dentista acrescentava: "Um caso perdido". E não errava nunca. Era como se sua intermediação agravasse o estado do doente, abreviando-lhe os dias na parte de cima da terra.

Bem ou mal, continuava atendendo o consultório, e só deixou de fazê-lo após um incidente que a todos surpreendeu: o Anjo da Morte arrastava uma asa pelos prazeres da vida e, não resistindo à juventude e à louçania de uma paciente, atirou-lhe um beijo à formosa boca. A vítima pôs-se a gritar e o dentista, grudado nela como uma ventosa, só desgrudou quando acudiu, em alvoroço, a freguesia do bolicho ao lado. Na mesma noite o marido ofendido bateu à porta e lhe aplicou uma tremenda surra.

Foi quanto bastou para a debandada das cáries.

Fechado o consultório, Dr. Bello quis dedicar tempo integral aos seus avisos. Mas eram outros os tempos, já escasseavam as chamadas de Porto Alegre, já uma grosa de famílias dispunha de telefone e já os moribundos, menos apressados, tinham começado a espernear. E o ofício do Dr. Bello, como o dos carpinteiros, seleiros, correeiros, tamanqueiros e encadernadores, encetava seu mergulho no abismo em cujo fundo, com a dentama escancarada, espreitava-o a voragem do progresso.

Sem pacientes, mudo o Fone 19 e sem vivalma que lhe nutrisse a fama ao passar desta para a melhor, o exdentista e ex-arauto começou a murchar, perdendo peso e estatura, e a andar sem rumo pelas ruas da cidade, do Povo da Lata à Santa Casa de Caridade, da Ponte Seca ao Armazém da Portuguesa. Ainda vive em Alegrete. E quando passa no quiosque da praça, arrastando seu desengrenado arcabouço, o populacho grita: "Sai, urubu". E ele tenta acelerar o passo, o pobre, curvado ao peso da ingratidão citadina e de tantas e tantas mortes anunciadas.

Um domingo de glória

Deu no jornal que morreu Rosino Calegari, o Jacaré. Era capataz de um C.T.G. Eu não sabia que Jacaré se chamava Rosino Calegari. Pouco o conheci e a mais nítida lembrança que tenho dele vem de um único dia – o dia em que me levou ao circo.

Para fazer um aumento em nossa casa, meu pai contratou aquele robusto gringo do qual se dizia que era bom pedreiro. Bom de conversa eu sei que era e até comigo, uma criança, ele conversava. O tema de sua predileção era o circo que chegara à cidade, com chipanzés, tigres, trapezistas e uma tal Mulher-Gorila que desafiava o público a lutar. Jacaré trabalhara na armação da lona e jactava-se de ter trocado o pneu do *trailer* da mulherona. Era uma giganta, dizia, e assegurava que, durante a troca, bufando, ela sustentara o *trailer* no braço.

Jacaré aprontava a massa e se debruçava no muro da frente para cavaquear com os passantes. Numa noite de vento a parede do banheiro novo veio abaixo e meu pai, aborrecido, quis demiti-lo. Ele chorou e a demissão foi adiada para as calendas gregas. Jacaré ficou muito agradecido e, para retribuir, ofereceu-se para me levar ao circo. Meu pai não se opôs, considerando que seu pedreiro era muito preguiçoso para ser mau caráter.

E lá estávamos nós na arquibancada, na tarde de domingo.

Primeiro veio o chipanzé com uniforme colegial, depois os tigres que cruzavam o arco de fogo, depois a Mulher-Gorila. Não era tão grande como Jacaré dizia, mas, perto do suposto desafiante – o negrinho que entregava as marmitas do Hotel do Comércio –, era um colosso.

A Mulher-Gorila deu uma sova no negrinho, que deixou o ringue carregado. O público achava graça e aplaudia. Eu não, eu estava com vontade de chorar e vi que Jacaré também se emocionara. "Não gostei", disse ele, levantando-se, "isso não se faz".

O apresentador provocava o público. Quem se animava a lutar com a fera africana, que acabava de derrubar o herói alegretense? Onde estavam os machos da cidade? Debaixo da saia das mulheres?

Jacaré atravessava a faixa de areia entre os cadeiras numeradas e o ringue. Ao vê-lo, o apresentador baixou o microfone e fez um sinal com a mão, dando a entender que o tempo do desafio se esgotara, mas o público gritava, sapateava, e o homem, visivelmente contrafeito, teve de ceder.

Jacaré subiu no ringue. A Mulher-Gorila saracoteou à volta dele, movendo os braços, e Jacaré parado, olhando. A fera deu-lhe um chute na coxa, fazendo com que balançasse, e pulou para trás, recomeçando a dança e o jogo de braços. Jacaré continuou imóvel e ela o atacou novamente. Decerto pretendia derrubá-lo com outro chute, mas, por excesso de confiança ou sabe-se lá o quê, aproximou-se demais e, antes que aplicasse o golpe, Jacaré lhe atirou um tremendo murro, atingindo-a entre o ombro e o pescoço. A Mulher-Gorila testavilhou e caiu sentada, de boca aberta e olhar esbugalhado. Acudiram os peludos, cercando Jacaré, mas não tocaram nele e o deixaram seguir: a multidão urrava em desvario e alguns homens já desciam da arquibancada.

Fez-se ouvir a bandinha com estardalhaço e o apresentador anunciou o número de *Los Condores,* gêmeos trapezistas que vinham do Chile. A Mulher-Gorila retirou-se, amparada, o ringue foi desmontado e lá das alturas já descia a rede dos manos andinos. Enquanto isso, três palhaços tratavam de serenar os ânimos.

Quase a sufocar de tanto orgulho, fui ao encontro de Jacaré na mureta do picadeiro. Ele me tomou da mão, sério, ofegante, e a multidão, enquanto caminhávamos, gritava o nome da cidade e ovacionava o homem que derrubara a Mulher-Gorila.

Pensando melhor, diria que o conheci muito bem.

O caso ebúrneo

Numa cidade em que se contavam nos dedos as pessoas que tinham livros em casa, Dr. Archangelo cultivava uma biblioteca com mais de um milhar de obras. Era bacharel em Direito, mas, tendo herdado um despotismo de campo, jamais exercera a advocacia, e enquanto acompanhava, à distância, a proliferação da boiada, dedicava-se à leitura dos clássicos. Negócios e questões domésticas eram da alçada de procuradores, gerentes e criados. Infenso às visitas, ao lazer clubístico, à política e, em suma, à vida comunitária, raramente era visto, mas a cidade, por considerá-lo um sábio, desculpava essas extravagâncias e até o nomeara presidente de honra de várias sociedades, inclusive do clube, embora jamais tivesse freqüentado qualquer delas e muito menos o clube.

Nos primeiros anos cinqüenta veio a falecer, depois de uma semana de agonia hospitalar. Fez-se o velório no próprio palacete e dir-se-ia que a cidade inteira se comprimia no saguão e nas aléias de saibro do jardim. Como era viúvo, não tinha filhos, parentes próximos e nem mesmo um cacho, ninguém chorava e todos cavaqueavam bem-dispostos, tomando café preto com empadas e outros quitutes, servidos por criados sorridentes. A alegria famulatória se justificava: num preito à fidelidade, o doutor lhes legara importante cabedal.

A fidelidade não sobreviveu ao funeral: no dia seguinte, os criados propalaram ter encontrado no gabinete do sábio, em compartimento secreto da estante, um pênis de marfim, de dimensões humanas e uso incerto.

No clube, em práticas restritas, discutiam-se as finalidades da peça, no quiosque da praça caçoava à larga o populacho, ao passo que na igreja, em sermão sobre a moral citadina, o padre referiu-se gravemente ao "caso ebúrneo". Na mesma semana eclodiu um movimento entre as damas da Congregação Mariana, postulando que o morto fosse excomungado, e a questão que se discutia era a da eficácia do anátema, ou seja, se a alma poderia ser alcançada por tal decreto, cuja expedição ainda esbarraria na burocracia cardinalícia.

Os ex-criados, mais tarde, venderam o palacete e o mobiliário francês. Ninguém quis comprar a estante e suas mil obras. O novo morador, pouco afeiçoado à cultura dos séculos, doou os livros a uma biblioteca local, que os recebeu sob condição – promessa de sigilo –, e a estante maldita tomou o rumo de uma entidade assistencial, para ser transformada em lenha. Na tarde em que esteve exposta na calçada, à espera da carroça, muitas pessoas passaram por ali, alardeando sua indignação ou seu deboche.

Ninguém perdoou o Dr. Archangelo. A riqueza e a misantropia, agravadas pelo caso ebúrneo, cobraram dele um preço mui salgado, o ódio póstumo – conta que, segundo se dizia abertamente na cidade, ele estava pagando com juros: na última viagem, esquecera-se de pôr na mala o seu mais íntimo consolo.

A lua com sede

Na troca do século, meu futuro avô trocou a Itália pelo Brasil. Deixou Lauria, pequena cidade ao sul de Nápoles, entre a Basilicata e a Calábria, e veio dar no Alegrete com sua jovem mulher e a esperança de prosperidade e paz no Novo Mundo. E pôs-se a trabalhar, instalando-se com uma alfaiataria. Fez uma família numerosa, um grande sobrado de oito quartos e uma fábrica de massas que chegou a ter noventa empregados, além de uma padaria e um armazém de secos e molhados. Orgulhava-se de ter sido cônsul da Itália. Faleceu nos primeiros anos cinqüenta, e os alegretenses, num preito ao trabalho, deram seu nome a uma avenida.

Era um italiano baixo e robusto, de olhar vivo e inteligente, que se vestia com esmerado gosto: terno, colete, gravata e o indefectível relógio de bolso com corrente, isso sem falar na bengala com castão de prata. Era afável no trato, mas de uma afabilidade que, inspirando confiança, também inspirava respeito. Meu pai e seus onze irmãos o chamavam de papai, com senhoria, e nós, os miúdos, de Vovô Faraco – fazia parte do respeito não dizer o prenome. Que me lembre, só na adolescência vim a saber que se chamava Brás.

Sua *patria potestas* irradiava-se em todas as direções e alturas: no fim do ano letivo, os netos eram levados ao seu gabinete no sobrado para mostrar o boletim e ouvir os comentários pertinentes. Em certo ano ele me deu um abraço e vinte mil-réis. De outros boletins não me recordo e talvez nem me convenha.

Vovô costumava, à tardinha, visitar o pátio da fábrica, que limitava com o do sobrado e outros pátios do *domus*. Sentava nalgum lugar e ali ficava, como um poeta ou um filósofo, o queixo apoiado na bengala. Muitas vezes eu o espiava, esperando que, como os poetas e os filósofos, de repente se acordasse e fizesse algo inusitado. Mas ele não fazia nada. Sentava, pensava e ia embora.

Uma noite de verão o vi no pátio já bem tarde. A lua, assoleada, desso rava sobre nossas cabeças, e me escondi atrás de uma mureta, a vigiá-lo. Ele andava de um lado para outro, abanando-se com uma pantalha, e a cada tanto ia olhar o velho poço do sobrado. Desconfiei: alguma coisa estaria tramando aquele vovô, na tórrida noite alegretense. Fazia eu mil conjeturas quando, levando um susto, vi que me olhava. "Vem cá", ele disse. Não me movi, paralisado, ele insistiu: "Anda logo". Pulei a mureta e me aproximei do poço, cheio de curiosidade e medo. Ele me segurou pelos ombros, fazendo com que me debruçasse no bocal, e senti no rosto, nos olhos, o frescor de um clarão leitoso: era a lua boiando lá no fundo! "A pobrezinha está com sede", ele disse, e por um momento – porque assim dizia o vovô – tive a maravilhosa certeza de que ela descera lá do céu para beber em nosso poço.

O bote do homem-cobra

Aquele Plínio Pinto, balconista da farmácia, era um caso radical de dupla personalidade. Funcionário zeloso e entendido em medicamentos, cujas bulas conhecia tanto quanto o farmacêutico, também era sacristão e noivo perpétuo de Lucimery, servente do Colégio Divino Coração. Receitava para os necessitados, aplicava injeções, entregava remédio em casa e, na igreja, puxava o terço das vésperas pela saúde dos enfermos. Em Alegrete, gozava de maior estima do que o padre e o farmacêutico.

À noite transformava-se e o povo ordeiro fugia dele. Vestia uma capa negra, blusa também negra com uma naja no peito, culote militar verde-oliva e botas de camurça baia, e se identificava como o Homem-Cobra. Percorria as alamedas da praça em busca de elementos suspeitos e fazia o périplo dos bordéis, onde era recebido com júbilo pelos boêmios e incitado a narrar suas proezas, que todos fingiam ouvir com espanto e admiração. Não era raro comparecer à farmácia, na manhã seguinte, com hematomas no rosto, sinal de que provocara alguém que não estava com ânimo teatral.

Até então, suas façanhas tinham sido fruto da imaginação, e foi numa noite engalanada do Clube Cassino que fez a tentativa de torná-las reais. Festejava-se, no salão do segundo piso, o aniversário do filho do Dr. Paulino. O aniversariante apagou as velinhas e foi levado embora, tinha apenas cinco anos. A comemoração era um pretexto: o doutor, candidato a prefeito, buscava adesões à sua campanha.

Do programa da noite constava a entrega de medalhas a personalidades merecedoras do reconhecimento público: o médico, o provedor do Hospital de Caridade, um ex-prefeito e correligionário, o antigo jardineiro da praça e, por certo, o benemérito Plínio Pinto. Mas o balconista da farmácia, surpreendendo a todos, não estava presente.

Depois da janta, no momento em que alguém fazia tilintar uma garrafa – Dr. Paulino, num improviso, ia saudar os convivas e dar início às homenagens –, Lucimery entrou correndo no salão, a gritar que seu noivo estava agachado no muro do terraço, em vias de dar um bote no vazio. Sobreveio um átimo de assombro e logo o burburinho, a correria. E o Homem-Cobra, empolgado com o *frisson* que causava, não ouviu os apelos da amada e lançou-se do terraço para a glória, em pé.

Quebrou as duas pernas e o calcanhar.

Dr. Paulino perdeu a eleição por dezessete votos. Em entrevista à ZYE-9, portou-se à altura, enaltecendo o jogo democrático e cumprimentando o prefeito eleito, mas à noite, no clube, tomou um pileque. Esmurrava a mesa, atribuindo a derrota ao fiasco do Homem-Cobra, e clamava à desconsolada claque: "Foi cobra mandada! Foi cobra mandada!"

O avestruz

Vovô morava num sobrado cujo pátio alcançava a rua de trás. Era um pátio com muitos desníveis, ou seriam, talvez, vários pátios, ligados por caminhos, rampas, cancelas e escadas de difícil compreensão. Esse labirinto – que haveria de reproduzir, saudosamente, algum quintal da longínqua Basilicata – durante certo tempo hospedou um monstro onívoro.

O Minotauro de Creta se banqueteava com a juventude ateniense. Nosso monstro, se pudesse, devoraria a meninada italiana de Alegrete.

Houve um ano em que, na parte inculta dos terrenos, começaram a aparecer muitas serpentes, e vovô, temendo pelos netos, mandou trazer do campo um avestruz. Acabou com as conselheiras de Eva e, sem querer, com os folguedos da miuçalha. Quando nos via, o bicho abria as asas com escândalo e se lançava numa atropelada em que não se sabia o que causava mais horror, se a feiúra, se a ferocidade. Aquele aborto da natureza só não estranhava o *paterfamilias*. Vovô, ao percorrer seus domínios, nem olhava para o avestruz. E o avestruz, dir-se-ia por vingança, não o olhava também.

Os netos não aceitamos pacificamente a presença do devorador de ofídios. Na hora da sesta costumávamos apedrejá-lo e a pedra fazia *ploc* no cano do pescoço. Quando o avestruz atacava – e sempre atacava –, trepávamos no muro e lá de cima o surrávamos com galhos de cinamomo. Ele retrocedia, mas não abdicava da furiosa vigilância. E nos retirávamos, derrotados: mais uma tarde sem brincar de esconde-esconde no labirinto do sobrado.

Certo dia, depois do almoço, vovô apareceu no pátio e pôs-se a caminhar, com sua bengala, pelos caminhos mais sombrosos. E aconteceu o inesperado. Ou porque estava de mau humor, querendo briga, ou porque, tendo o cérebro pequeno, esquecia-se de sua condição de criatura *in mancipio*, o avestruz arremeteu. Vovô, parado, olhava-o, admirado de tanto atrevimento. O avestruz chegou a um metro dele, só então o velho *bersa-*

gliere ergueu a bengala. Desferiu tamanho golpe que o giráfico pescoço fez um ele.

Pobre avestruz. Foi o início do fim de seu império. Pouco depois vimos Tio Ernani tentando montá-lo. E logo a desmoralização completa: descobrimos que tinha posto um ovo. Ou por saber-se desmascarado, ou por outro motivo qualquer, o avestruz não mais nos atacou. Olhava-nos de longe com seu olhar vesgo e se retirava para os pontos menos freqüentados do macegal.

E fomos crescendo e, pouco a pouco, nos esquecendo do avestruz. Sabíamos que continuava nos fundos do sobrado, mas já não brincávamos de esconde-esconde e preferíamos outros labirintos. Um dia vovô morreu. Alguém perguntou: "E agora, o que vai ser do avestruz?" Fomos procurá-lo, mas não estava lá. Decerto vovô o levara para devorar a mãe de todas as serpentes, preparando, para nós, os quintais do Paraíso.

Os preceitos do barão

Nobre rebento de um nobre tronco de estancieiros, seu nome era o mesmo do pai, do avô, do bisavô, mas a inveja municipal o chamava de Barão Coty. Várias circunstâncias nutriam a mordaz alcunha. Era tal seu esmero no vestir, dizia-se, que jamais usava calças com o vinco desfeito. Em seu penteado de gomina, a la Rodolfo Valentino, não discrepava um fio. Fresco e cheiroso, desfilava pelas ruas centrais de Alegrete num Pontiac 51, silencioso e undante como um navio parado.

Eram os automóveis sua maior paixão e proverbial o seu cuidado com essas criaturas de latão que, na época, eram signos de prosperidade, e hoje têm na hierarquia do lar o mesmo posto da máquina lava-roupa, do aspirador de pó, do rádio-relógio, do telefone, soldados que marcham sob o comando sargenteante do televisor. Carro que tivesse pertencido ao elegante aristocrata gozava de fé pública. O barão costumava trafegar a vinte quilômetros horários, estacionava em lugares amplos e vigiava para que nenhum plebeu distraído viesse afocinhar sua caranguejola no mesmo sítio em que repousava o engenho de seus mimos. Os conterrâneos, sabendo-lhe o vezo, tratavam de manter uma distância segura, pois também eram proverbiais as fúrias do dono do Pontiac.

Certa vez o barão foi à ferragem de meu pai e deixou o carro a meia quadra da loja, casualmente defronte à nossa casa. Fez as compras e, ao retornar, ó céus, deu com um cabo da Brigada, decerto recém-chegado ao burgo, com a botina apoiada no cintilante pára-choque, buscando uma posição confortável para atar seus cadarços.

O Barão Coty deu um grito que foi ouvido em toda a vizinhança. Janelas curiosas se abriram, e de nossa ferragem, da Farmácia Popular e do armarinho A Incendiária despejou-se a intrigada freguesia. Pequena multidão confluiu ao ponto crítico. O barão apontava o dedo para o estupefato militar, mas não conseguia falar e tamanha era sua indignação que, sobre engasgar-se, no auge do descontrole se urinou.

Foi nessa ocasião que, em Alegrete, cunhou-se uma frase cruel, hoje em desuso. Quando alguém fazia uma trapalhada, outro alguém dizia: "Ih, o barão fez pipi".

A tradição não fez justiça à coerência e à solidez dos preceitos do barão. Enquanto o povo ria de sua vergonhosa incontinência, ele, num vermelhidão, mas de busto ereto, olhar sobranceiro, deu meia-volta e foi para casa. Foi a pé, não quis molhar o estofamento do Pontiac.

Salão grená

Entre os irmãos de meu pai, meu preferido era Tio José, mas custei um pouco a descobrir esse sentimento.

Ele, meu pai e outro irmão eram sócios em nossa velha firma de Alegrete, que antes pertencera a meu avô calabrês e dentro de alguns anos, já na quarta geração americana dos Faraco, vai comemorar seu centenário.

Um percurso tal, oceânico, pressupõe certa harmonia entre a irmandade que ocupou a ponte de comando, mas nem sempre foi assim. Nos anos cinqüenta as relações societárias eram difíceis e o pivô das desavenças, em regra, era Tio José. Diziam os outros que ele travava a expansão dos negócios. Diziam também que conturbava reuniões importantes com suas digressões. Um terceiro motivo era que Tio José ia trabalhar de terno e gravata e até os empregados pensavam que ele era o *big boss* de Faraco & Cia. Ltda.

Essas dissensões, que preocupavam a *famiglia*, fizeram com que me interessasse por Tio José. Que homem era aquele, para ser assim tão comentado?

Passei a visitá-lo no escritório e a ouvir suas histórias, que de fato eram compridas e algumas até nem tinham fim ou terminavam no início de outra história. E comecei a simpatizar com aquele tio, menos pelos casos que contava – só o da viagem a Buenos Aires ouvi um ror de vezes –, mais pelo seu jeito calmo de contar, com intervalos, divagações, tergiversações, esquecimentos, o que fazia com que cada versão diferisse um pouco da anterior. Achava que Tio José devia ser romancista. Simpatizava, sobretudo, com seu sossego peculiar. Com qualquer tempo Tio José era Tio José. Às vezes explodia um conflito na firma. Eu corria ao escritório e encontrava Tio José na mansidão de sempre, com seu elegante terno cinza, colete, gravata e sapatos do Dr. Scholl. Ao me ver, apontava a cadeira de palhinha. Já te contei o caso de Buenos Aires? Não, eu respondia. E se porventura, no meio do caso, punha-se a criticar os sócios, não parava de conferir as pilhas de dinheiro miúdo nem alterava o tom de voz, era como se estivesse a narrar mais um lance da aventura portenha.

Todas as noites eu ia ao Clube Cassino jogar sinuca, e Tio José, que já não dispensava minha companhia, habituou-se a me esperar no saguão. Com o tempo perdeu o receio do salão de jogos, assistia às partidas e ao final anunciava: "Vou te levar em casa". Era um trajeto de cinco minutos que fazíamos em cinqüenta ou mais, isso sem contar o tempo que ficávamos no portão. E sempre as mesmas histórias, sempre o caso argentino, que ele misturava com outros e a cada dia se tornava mais complexo e indecifrável.

Nessa época eu tinha 15 para 16 anos e Tio José não se dava conta disso. Creio que, para ele, eu não era um rapazola, tampouco um sobrinho, era o amigo que decerto não tinha, bom de ouvido e com tempo de sobra para bebericar o vinho suave de suas melopéicas odisséias.

As semanas e os meses foram passando e passei eu, no rema-rema cotidiano, do salão de jogos ao salão de bailes. Tive minha primeira namorada e a novidade complicou os programas noturnos do meu tio. Já não me achava facilmente. Em certos dias, tarde da noite, eu ainda aparecia no clube, e Djalma, o garçom, avisava que ele andara a perguntar por mim. Uma vez, confesso, fugi dele, mas foi por causa de um compromisso amoroso – que constitui, na jurisprudência do poeta Luiz de Miranda, motivo de força maior. Uma outra vez quis fugir também, mas não consegui.

Foi no verão de 58.

Uma noite calorosa e eu de sentinela na guarita do quartel. Nessa noite havia um grande baile no Clube Cassino, com uma orquestra de Porto Alegre. E eu de sentinela. Como o inimigo paraguaio não aparecia, considerei uma desfaçatez permanecer ali, em pé na escuridão, armado até os dentes para fazer guerra aos mosquitos que vinham da Hidráulica. Escondi o fuzil na guarita. No dormitório às escuras vesti a farda de passeio. E fugi, empreendendo uma corrida maluca pelas ruas da cidade para avisar minha Julieta que seu Romeu estava a postos. Perder um baile, naquele tempo, era pior do que perder a liberdade.

A meio caminho, na praça, encontrei Tio José. Dizer que tinha pressa não bastava, não ouviria. Cheguei a aventar a hipótese de sair disparando praça afora, mas seria uma molecagem tão grande quanto a fuga do quartel. O quartel merecia, Tio José não. Então me contive ali no banco e, depois de ouvi-lo um pouco, usei o único argumento que geralmente ele acatava – é tarde, vou pra casa –, embora soubesse que iria me acompanhar até o portão.

Atravessei a praça murcho como um condenado. O som da orquestra invadia o centro da cidade, o baile tinha começado. E caminhávamos, Tio José e eu, parando em todas as esquinas, debaixo de todas as marquises e de todos os letreiros luminosos, onde nos atacavam, frenéticos, bichos de luz desgovernados. Paramos outro tanto no portão e quando ele foi embora passava da meia-noite.

Nossa casa em Alegrete tem uma área com sacada de balaústres que é uma espécie de vestíbulo. Subi as escadas e me deitei no piso. Quando Tio José se afastou, levantei-me e fiquei a vigiar seus passos na rua silenciosa e mal-iluminada, até que o perdi de vista na esquina do armarinho. Dei cinco minutos para que chegasse em casa e lancei-me a correr, receoso de que minha bela estivesse adormecida. Ao dobrar a esquina senti faltar o chão. Tio José estava ali, sob o letreiro d'A Incendiária. Tinha recrutado nova audiência para inaugurar a madrugada.

Epa, estranhou, e já se despediu do outro. Me encostei na parede, esbaforido e com uma ardência no pei-

Sem perdão

O advogado Tairone Rossi era afamado na fronteira-oeste como paladino das causas perdidas e tanto no foro cível como no criminal pontificavam seu saber jurídico, sua inteligência, sua astúcia. Ao escritório, instalado nas peças da frente do palacete em que vivia com a esposa, Dona Veva, vinha a clientela em romaria: homens da cidade e homens do campo, todos trazendo no rosto a angústia e o medo de um prejuízo. Mulheres não vinham, os maridos não deixavam. Dr. Tairone era tido por femeeiro e senhora ou senhorita que cruzasse aquela porta haveria de cruzar também, na voz do zé, a porta do serralho. Na época, comentava-se o caso que teria com uma ex-miss.

Isso era o que se dizia e até se pichava nas ruas da cidade, como aquele "Tairone bico doce" que amanheceu na fachada do fórum, mas ninguém podia precisar até que ponto os mexericos referiam uma legítima *adaequatio intellectus et rei*. Jamais alguém o vira acompanhado senão por Dona Veva e ele próprio nada revelava, embora fosse um tipo loquaz. De uma loquacidade especial, sublinhe-se. Era a própria advocacia vestida, encarnando de tal modo sua fácies forense que, mesmo num cavaco de amigos ao balcão do café, nunca se sabia se aquilo que dizia era o que pensava ou um exercício de hermenêutica.

Uma só vez Dr. Tairone dispensou a advocacia e a verdade formal para homenagear a sinceridade e a verdade material: foi quando adoeceu com gravidade, sendo desenganado pelos médicos. No leito de morte, concluiu que era chegada a hora de abrir o coração à santa e calada esposa. Confessou, pedindo perdão, que de fato andara adoçando o bico com o néctar da miss.

Dona Veva, comovida, perdoôu-o.

Mas a Morte, ou porque se esqueceu, ou porque errou o caminho, não veio buscar o Dr. Tairone, e a despeito dos prognósticos médicos ele começou a melhorar e foi melhorando até que teve alta do hospital. A viúva putativa interpretou essa convalescença como um deboche e, mesmo sem conhecer os brocardos tão caros ao marido, aplicou ao caso aquele que ensina que, suprimida a causa, cessa o efeito. Ah, não morria? Cancelou o perdão e meteu no quase *de cujus* um processo de separação que, lá na fronteira, provocou um rodeio de desquites e escândalos.

O espelho

Para estimular o filho no estudo, em regra as mães comparam seu rendimento com o de algum parente ou amigo. No meu caso, o paralelo era traçado com Josezinho, um menino carioca, sobrinho de uma prima de minha mãe, Tia Loló, nossa assídua visitante. E a cada vez que ela aparecia era portadora de novas e esmagadoras notícias sobre os êxitos de Josezinho. "Filho", dizia minha mãe, aflita, "por que não estudas como o Josezinho, que tirou o primeiro lugar no Exame de Admissão?" Naquele tempo, ao fim do Curso Primário fazia-se o Exame de Admissão para entrar no Curso Ginasial.

Josezinho, no Ginásio, saiu-se com o costumeiro brilho, ao passo que seu parente sulino foi reprovado na segunda série e, na quarta, expulso do colégio – um capítulo do qual, por certo, nunca pretendeu jactar-se. No Curso Clássico a humilhação foi maior. Tive de engolir tanto o desempenho laureado do primo como o seu *gran finale*: na solenidade da formatura, cantou o Hino Nacional em latim.

"Por que não te olhas nesse espelho?"

Bem que tentei. Suei laboriosa tarde com o *Ludus quartus* do Padre Milton Valente, e à noite, à mesa, entoei como por acaso:

Audierunt Ypirangae ripae placidae
heroicae gentis validum clamorem,
solisque libertatis flammae fulgidae
sparsere Patriae in caelos tum fulgorem.

"Ué...", estranhou meu pai. E minha mãe, que era professora de piano: "É o Hino, mas está desafinado". Eu não emparelhava com Josezinho nem como cantor.

Nessa altura já não havia termo de comparação. Eu ficara para trás. Enquanto Josezinho cantava o Hino, eu marchava: era soldado em Alegrete, varando as noites de sentinela na guarita do quartel. Nas solidões noturnas, com o mosquetão no ombro, às vezes pensava no grande Josezinho.

Quando ele fez vestibular para Direito, ninguém precisou me anunciar o resultado. Antes dos professores, antes dele mesmo, eu soube que não só fora aprovado como tirara o primeiro lugar. E tirou. Entrou para a faculdade e eu, saindo do quartel, entrei para o serviço público.

Por imposição do cargo, tive de me enfronhar nas chamadas Ciências Jurídicas. Quando pude me formar, após dez anos de faculdade, Josezinho – que já era advogado – terminava o curso de Medicina e era o orgulho da família, sobretudo de Tia Loló, que ainda visitava minha mãe e a encantava com as novidades acadêmicas do Rio.

Creio que Josezinho não se interessou pelo Direito e mais tarde vim a saber que nem pela Medicina, pois resolveu cursar Engenharia Florestal. A mim não me foi dado experimentar tantos caminhos, ah, quem me dera, e por não saber fazer outras coisas tornei-me um escritor. Um mau escritor, sem dúvida, mas essa é outra história.

Josezinho continuou estudando. É advogado, médico, engenheiro florestal e, ultimamente, graduou-se em Publicidade e Propaganda. Disseram-me que passou uma temporada no hospício, mas já está bom. Disseram-me também que quer ser escritor e andou publicando um livro de versos – o mesmo que, por intermédio de Tia Loló, hoje bem velhinha, ele está ameaçando me mandar.

O chafariz dos turcos

Gringo, no Brasil, é uma designação depreciativa dada a estrangeiros, principalmente de tipo alourado e arruivado. Isso é o que diz o Aurélio, mas nosso maior dicionarista admite tacitamente, no verbete *estrangeiro,* que gringo pode ser também todo alienígena, à revelia de seu tipo e nacionalidade.

Ao menos aqui no sul o vulgo generalizou: gringo é o americano-do-norte, o italiano, o alemão, o castelhano, com especial preferência para o de "fala arrevesada". Tem sotaque, é gringo. Na fronteira nós, os italianos de origem, chamamos gringos aos correntinos e orientais que, no verão e na páscoa, cruzam por Alegrete com os carros apinhados de crianças, familiares e agregados. Às vezes, nessas ocasiões, estou na cidade, e à noite me sento com meu pai na varanda de nossa casa. É um lugar de onde se vê o movimento do hotel ao lado, e então comentamos: "Hoje o hotel se encheu de gringos". E os aborígines que passam na calçada oposta e nos enxergam hão de comentar também: "Lá estão dois gringos na varanda".

Lembrou-me a abrangência dessa palavra por causa de uma outra cujo sentido igualmente se alargou.

Turco, diz o Aurélio, designa o natural ou habitante da Turquia, mas

– acrescenta – pode designar também, popularmente, os árabes e os sírios. E assim o é. O turco brasileiro e gaúcho é um cidadão de muitas pátrias: é libanês, jordaniano, sírio, palestino e por aí afora, é tudo, menos, é claro, turco da Turquia. E se tem loja de roupas não precisa identificar-se, falar, nem mesmo aparecer: é a "loja do turco". Em Alegrete, a Rua dos Andradas é a "Rua dos Turcos". Também em Alegrete, na praça principal, há um medonho chafariz que é, por assim dizer, um monumento ecumênico: foi mandado construir pela colônia libanesa, em estilo multifário de mercado persa, e o povo, sabiamente, batizou-o de "o chafariz dos turcos".

Esse Alegrete...

Há muitos anos, morava na cidade um distinto senhor libanês, muito culto e cioso de sua nacionalidade, que se amargurava com o promíscuo gentílico atribuído aos seus patrícios. Um dia ele fez uma palestra no clube, tentando demonstrar que a Turquia fica na Turquia e o Líbano no Líbano. Ao final, em meio a demorados aplausos, um italiano velho, admirado, não se conteve: "Come parla questo turco!"

No dia em que nos defrontarmos com um turco de verdade, de cimitarra em punho, decerto o chamaremos de gringo.

O patrocinador

A revista *Ibirapuitã,* criada e dirigida por Felisberto Soares Coelho, o *Fidêncio Caigoaté,* circulou em Alegrete na década de trinta. Durou pouco, mas pode-se pensar que, faltando-lhe apoio público e privado, durou muito. Nos anos sessenta o poeta Antônio Milano a ressuscitou, sabendo que a segunda vida seria tão fugaz quanto a primeira. Ele era o diretor, eu o secretário, eufemismo do joão-faz-tudo.

Se numa cidade de modesto comércio, nenhuma indústria e com o cincerro da economia a tanger no andar do boi, tirar uma revista de variedades, como a falecida, era uma epopéia, figure-se uma publicação literária, como a rediviva. Ninguém queria colaborar, e ao esfalfado secretário, que debulhava pata do Povo da Lata ao Hospital de Caridade, da Ponte Seca ao Armazém da Portuguesa, não lhe obsequiavam nem com uma aspirina. Já desistíamos, Milano e eu, quando um dirigente cooperativista aceitou patrocinar a edição. Deu-me um cheque e avisou: "Nem um tostão mais".

A revista ficou pronta num sábado. No domingo, inaugurava-se no Parque de Exposições grandioso evento bovino e os potentados de Alegrete, *ex-officio,* haveriam de estar lá. Contratamos um pequeno engraxate para fazer a venda avulsa – o preço era simbólico – e o levamos àquele epicentro das finanças citadinas. À tardinha, retornou nosso enviado, cheirando a sovaco e a esterco fresco. Não vendera um único exemplar. Entre centenas de pessoas, não houvera uma só que, por mera curiosidade, desejasse folhear a *Ibirapuitã*, dando em troca os centavos de um picolé de carrocinha.

À noite, num banco da praça, conversava eu com Milano, vituperando a indiferença conterrânea, quando no banco ao lado veio sentar-se, com a esposa, nosso patrocinador. O poeta pediu que eu baixasse a voz, mas não o fiz. Em dado momento, ergueu-se o homem e parou à nossa frente, com as mãos na cintura: "A gente já pagou a revista", disse, furibundo, "e agora querem também que a gente leia?"

Muitos anos depois, em Porto Alegre, compareci ao lançamento de um livro de contos gauchescos, escrito por um pecuarista de Alegrete. À festa seguiu-se a janta e, numa mesa de alegretenses da qual fazia parte o autor, falava-se da terra natal e seu desdém pela leitura. Para ilustrar a tese, comecei a contar a história do patrocinador da revista. Felizmente pude sofrear o galope da língua, ao me dar conta de que o *causeur* campeiro era o próprio.

No tempo do mil-réis

Vasculhando a gaveta das antiqualhas encontro duas plaquetas publicadas em Alegrete há quase um século. A primeira traz a Lei nº 197, de 31 de dezembro de 1925, que orça a receita e fixa a despesa para o exercício de 1926 no município de Alegrete, decretada pelo Conselho Municipal e promulgada pelo intendente. A segunda é o Ato nº 187, de 02 de março de 1926, expedido pelo chefe do executivo, que dá instruções para a execução da lei do orçamento. O intendente de Alegrete chamava-se Oswaldo Aranha.

Não sei ao certo como esses *recuerdos* do pago vieram dar na minha gaveta. Imagino que me foram presenteados por algum familiar, pois pertenceram ao meu avô. Nas capas há uma anotação não assinada: "Ao Sr. Brás Faraco". Só não sei se chegaram às mãos dele como uma homenagem ou uma intimação. Nos termos da dita lei, a Alfaiataria Brás Faraco estava obrigada a recolher 250 mil-réis de imposto no exercício financeiro entrante.

E assim outros negócios da época: armazéns de gêneros coloniais, escritórios de operações bancárias, casas de pasto, charqueadas "com escritório ou sem", tavernas, mercadinhos e por aí afora. A receita orçamentária também previa a facada em ferreiros, carpinteiros, mecânicos, seleiros, funileiros, tamanqueiros e encadernadores, num rol de ofícios que hoje quase não existem mais. O minucioso rigor do fisco parecia ter altos fins: de uma Receita Ordinária de 746 contos de réis, quase 50 por cento seriam gastos em 1926 nas rubricas Instrução Pública e Melhoramentos Materiais.

Com um pouco de imaginação pode-se ler a Lei nº 197 como quem revê um filme antigo, e ultrapassadas as cenas em que o mil-réis é o ator principal, tem-se ainda o edificante episódio das Disposições Transitórias, onde o artigo 4º autorizava o intendente a cravar 10 por cento de multa nos impostos do contribuinte em cuja propriedade fosse encontrada uma criança sem escola. Já o Ato º 187 era tão vigilante que sapecava uma multa no coveiro.

Outro encanto das plaquetas é a linguagem ainda não saturada pelos tecnicismos de hoje em dia. Em certos momentos, embora com menos sabor, lembra os relatórios do prefeito de Palmeira dos Índios ao governador de Alagoas, nos anos 1929-30. Esse prefeito chamava-se Graciliano Ramos.

Bons tempos, os de 1926. No Alegrete da Livraria Parahiba, da Casa Recurso dos Pobres, do Colégio Alphomega, da Relojoaria Omega e do Cinema Ipiranga, era o tempo das vitrolas *ortophonicas*, da pasta de dente Oriental, das camisas de *zephir*, do tônico Iracema, do sabão Sapindo e da famosa pomada Midy para hemorróidas, mas se o problema era tosse, Bromil, e o xarope Roche para as *bronchites* e os *catarrhos* mais rebeldes. Nos anos seguintes a vida mudou no mundo inteiro, com a quebra da bolsa de Nova York e a ascensão do nazifascismo, e no Brasil com a crise do café e outra revolução. Suponho que em Alegrete também tenha mudado e para pior. Não obstante a nossa soberania, os alegretenses sempre fomos muito ligados ao Brasil.

Revisores a galope

Em 1990, no Rio de Janeiro, publiquei um volume de ensaios sobre certo capítulo de nossa história colonial. O lançamento deveria ocorrer na Feira do Livro daquele ano, em Porto Alegre. Dias antes, tendo recebido um exemplar, comecei a lê-lo e encontrei, logo nas primeiras páginas, meia centena de erros de composição, mais não encontrando porque mais não li. Não pude evitar a distribuição do livro, mas me recusei a comparecer ao seu lançamento, que obviamente foi suspenso.

Se há algo que aborrece um escritor é a má revisão das provas do que escreve. Penso mesmo que é a coisa que mais o aborrece, entre todas as coisas aborrecidas deste mundo. O escritor se esforça e se dessora para conseguir a frase certa, a palavra certa, a tônica certa, e de repente vê seu texto do avesso, como um bolso da calça puxado para fora. Isso dói.

Às vezes, reconheço, não dói tanto.

Nos anos sessenta a centenária *Gazeta de Alegrete* foi protagonista de uma divertida farra gráfica. Era seu redator o saudoso jornalista João de Deus Barros Peres e, eventualmente, eu o ajudava a redigir o noticiário. Foi nessa época que meu primo Amaury, piloto de corridas automobilísticas, ganhou o campeonato uruguaio, cuja última etapa foi disputada no autódromo de Rivera.

Jubiloso, preparei uma matéria condizente com a magnitude do feito, a sair na primeira página. No outro dia fui ver o jornal. Dizia que Amaury tinha vencido "deixando dúvidas quanto à sua superioridade". Ou seja, mais um ato hostil do eterno inimigo, o revisor, que com sua fome pantagruélica de signos devorara o advérbio.

Não devia ter reclamado, mas reclamei e a errata apareceu na edição seguinte da *Gazeta*. Dizia: "Na matéria de capa de terça-feira, onde se lê *deixando dúvidas*, leia-se *não deixando dúvidas*. Dita matéria focaliza a inquestionável vitória do alegretense Amaury Faraco em corrida que teve lugar no hipódromo de Rivera".

Quando eu soube que o velho João, furibundo, ia obrigar o pessoal a publicar uma segunda errata, supliquei que não o fizesse, que deixasse assim mesmo, antes que chamassem meu parente de coisa pior do que cavalo.

Dom Quirino em Gotham City

Viajar a Porto Alegre, naquele tempo, era como dar a volta ao mundo. As estradas de rodagem eram pouco mais do que caminhos abertos nas planuras e coxilhas do Rio Grande, e uma viagem que iniciasse em Alegrete, passando por São Francisco de Assis, São Pedro, São Vicente e Santa Maria, perfazia doze horas de buracos, pontilhões e polvadeira. Ainda era o meio mais prático, dizia-se, além de contar com a proteção divina ao longo da carreteira.

As alternativas eram pouco animadoras. A velha Maria Fumaça gastava não menos do que vinte horas, isso se não atrasasse – e sempre atrasava –, com a agravante de se desviar dos santos machos do caminho. Do avião nem falar. As passagens aéreas eram caríssimas, os DC-3 só pousavam na vizinha Uruguaiana e, de resto, aquelas latas voadoras costumavam cair com freqüência, embora menos do que hoje.

Não havia linha de ônibus.

As vantagens do automóvel, contudo, eram apenas uma tese dos caixeiros-viajantes. Era botar o pé na estrada e a trepidação rebentava molas, às vezes interrompia a corrente elétrica e acrescente os pneus furados, o radiador fumaceando, as tosses do carburador, os atoleiros e as restingas transbordantes... de modo que só a necessidade levava alguém a empreender tão laboriosa travessia.

A distante Porto Alegre, por isso, tinha um quê de mágico, fantástico, como as tiras de quadrinhas, como Gotham City, numa escala que ia desde o charme dos hotéis até os grandes crimes resenhados no *Correio do Povo*. Era o mundo dos bondes elétricos, da elegância das confeitarias, do Grêmio, do Internacional, do *footing* na Rua da Praia, da riqueza dos Chaves Barcellos, do Maipú, do Taco de Ouro e, claro, dos punguistas, cuja fama fazia estremecer os viajantes.

Foi nessa época que Dom Quirino Alfaro, estancieiro e notório pão-duro citadino, fez sua primeira viagem à perigosa metrópole.

Precisando deslocar-se até o Menino Deus para formalizar certa transação vacum, escolheu ir de bonde. Ainda no Hotel Jung, tomou as precauções que julgou apropriadas, dividindo a pecúnia em três partes, que atou e embolsou no paletó e na calça.

Dom Quirino me contou essa história muitos anos depois, ainda assombrado com sua aventura em Gotham City: naquele curto trajeto os agentes do Coringa tinham limpado seus bolsos, os três de uma vez só. Avaro como era, jamais perdoou a capital. "Cidade sem lei", esbravejava, e tinha razão. Um crime fora cometido e o Homem-Morcego não aparecera para arrematar a tira.

Os dragões não envelhecem

A efeméride de hoje, 19 de janeiro de 1997, é o natalício do Batata, antigo personagem das ruas de Alegrete e também de suas marquises, sob cuja proteção, enquanto não vem alguém para escorraçá-lo, costuma repousar com seus sacos de mistérios. Está completando 63 anos.

Deu-me o próprio essa informação, uma semana atrás, quando estive na cidade e, vendo-o numa esquina, recostado nos sacos, reclamei de sua aparência: se no meu tempo de menino ele já gastava aquelas velhas ruas – do Hospital de Caridade ao Povo da Lata, da Ponte Seca ao Armazém da Portuguesa –, como podia sua cabeleira conservar o preto original?

Batata sorriu e quanta zombaria naqueles olhos de águia. Como se dissesse: "E é a mim que chamam de Batata..."

Milagre, lembrou-se de mim, ou, mais certo, fingiu que se lembrava, e comentou que eu andava "sumido". Quis saber se eu ficaria em Alegrete e quando respondi que não, que logo iria embora, fez uma careta: "Pena! Não vai estar aqui no dia do meu aniversário".

Pena mesmo e este dia chegará ao fim sem que ninguém abrace o Batata, única instituição alegretense que permanece em pé (sentada, no caso), impondo-se ao onívoro dragão que o poeta Hélio Ricciardi chama de Já-Teve. Não mudou nada, ou melhor, se não na figura, mudou noutro sentido: carrega mais sacos do que antes. É uma evidência de prosperidade e tenho dúvidas de que se possa dizer o mesmo da cidade que o despreza.

Se bem que o Batata – este Dorian Gray do Ibirapuitã – pode ser a encarnação do Já-Teve: também os dragões não envelhecem. Quem garante que não esteja a acumular em sua suspeita sacaria toda a riqueza que, ano a ano, a cidade vem perdendo, sua lavoura, seu comércio, seus pecuaríssimos negócios?

É uma teoria.

Se confirmada, imagine-se como poderá ser a nossa *Londres do Futuro*, no século XXI. Um lugarejo deserto e o vento assobiando nas varandas, carregando folhas secas pelas ruas e fazendo vibrar as últimas vidraças, atrás dos quais vinga uma vegetação mirrada e sem nome. De vez em quando um estrondo: uma porta que cai. De vez em quando um rangido: a tesoura de um telhado que vai cair também. Nem uma alma. Nem um cão vadio. Nem um corvo. Nem mesmo um rato. E de repente, no fim da rua, contra um horizonte onde se fundem o céu de chumbo e a terra gris, recorta-se a silhueta do dragão – o aniversariante de hoje com sua eterna juventude e já sem sacos, porque, afinal, ele é o dono de tudo.

Jangadas

No meu décimo segundo aniversário, meu pai me deu de presente um livro, *A expedição Kon-Tiki*, do norueguês Thor Heyerdahl, relato de uma viagem de 8.000 quilômetros pelo Pacífico, a bordo de uma frágil jangada, com o intuito de provar que os povos da Polinésia são oriundos da América pré-colombiana. Passados tantos anos, encontro nas livrarias um exemplar da enésima edição: a mesma capa, a mesma tradução, o mesmo fascínio.

Conta Heyerdahl que ele e seus amigos, logo após a partida de Callao, maravilharam-se com os encantos do mar. E anota: "Geralmente sulcamos as ondas com máquinas roncadoras e vaivéns de êmbolos, a água a espumar à volta da proa. Depois regressamos e dizemos que não há nada para ver em alto-mar". E já dissera, linhas antes: "O mar encerra muitas surpresas para quem tem o chão quase ao nível da superfície oceânica e vai vogando devagar e sem fazer barulho".

Conheço uma versão caipira dessa doce observação. Num dos mais belos contos do uruguaio Juan José Morosoli, *A longa viagem de prazer,* Tertuliano ganha um velho caminhão numa rifa e empreende uma viagem "para conhecer o mundo", isto é, até Rocha, na fronteira com o Brasil. Leva um compadre, Aniceto.

Com uma hora de estrada, Tertuliano anuncia: "Vou parar". Aniceto elogia o ritmo sereno da viagem e o dono do caminhão comenta: "Nunca entendi essa gente que anda ligeiro. O bom é ir devagar, descer, fumar um cigarro e ver o que ficou para trás", pois "quem está dirigindo só vê o que está na frente".

Juana de Ibarbourou compõe uma cena parecida. Na peça infantil *A opinião pública* – uma adaptação de Esopo –, Demétrio e sua filha Mirtila, em férias, preparam-se para uma viagem ao Golfo de Corinto. Quando Mirtila pergunta se irão de liteira, Demétrio responde: "Que é isso, bobinha? Seria a mesma coisa que viajar num pesadelo (...). De liteira não se vê quase nada, é como olhar de uma janelinha, só se vê o que está na frente". E prefere o burro, de cujo lombo poderão apreciar as belezas da Grécia.

Viajar sem pressa, ao rés do chão, e parar, olhar, fruir – e voltar para contar o que foi visto, pois as viagens, como garante sabiamente aquele mesmo Tertuliano, "só começam depois que a gente volta" –, eis um preceito que nos aproveita também a nós, que nos aligeiramos no dia-a-dia, com prejuízo das relações interpessoais, das quais percebemos o mero contorno ou, vá lá uma imagem kontikiana, a mera superfície, mas não os peixes luminosos que poderiam saltar sobre os paus-de-balsa de nossas solitárias jangadas.

Para uma escrava triste

Hoje, em Alegrete, quem passa pela Rua Gaspar Martins vê defronte ao Clube Caixeiral uma casa de comércio. Antigamente, ali havia um café. Lembro-me do balcão oval, das cadeiras de palhinha, das mesas redondas, da serragem pelo chão nos dias de chuva. Era o Café Frízia, gerenciado pelo *chavalillo* António Cortes.

Chavalillos!

Que tempo maravilhoso de Alegrete, aquele em que o palco do cinema trepidava no sapateio de Antónia de Madrid, nas castanholas de María de Córdoba, nos agudos de Julita. Abriam-se as cortinas com António Cortes cantando *Granada*, uma apoteose, depois vinham os filhos. María e Antónia cantavam *Sombrero*, *El relicario*, e entre os galãs de Alegrete, que usavam calça de boca estreita, camisa de gola em pé e topete pendendo na testa, era raro o que não se encrespava de amor pelas sedutoras espanholas. António apresentava o caçula, Antoñito, como um Pedro Vargas em miniatura, e depois – e já ninguém podia esperar, e já assobiavam, batiam pé – e depois, até que enfim, "la encantadora... Julita!"

E o cinema vinha abaixo.

"Te llaman María", ela começava, "María Dolores", e os meninos emudeciam, achando que seus corações iam rebentar.

Eles eram os adoráveis *Chavalillos Madrileños*, uma família de artistas que excursionava pelo mundo e ia ficando em Alegrete, por causa da má saúde de Julita. Para aumentar seus ganhos, Antônio Cortes trabalhava no café, mas quem ganhava era a cidade. Revivia-se a ribalta no velho Cinema América, que despertava de um longo sono com o fragor do *paso doble*.

O fascínio dos *Chavalillos Madrileños* sacudiu a cidade de tal modo que, depois deles, dir-se-ia que ela mudou. O Café Frízia foi fechado e Alegrete nunca mais teve um café. Os palcos se tornaram pouco menos que vazios, até o carnaval ficou sem graça e Alegrete nunca mais teve um corso. Coincidências, dirão, mas ninguém negará que durante anos, muitos anos, a cidade murchou, como essas flores de saudade que se guardam nos livros.

Tudo começou, ou terminou, no corso de 50.

António Cortes, aflito com os males de Julita e vendo esgotados os recursos médicos, quis valer à filha com os lenitivos que aprendera em sua vida de cantor e de cigano. Uma noite de luz e cantorias, de risos, danças, fantasias, que alguém um dia pudesse recordar sonhando. E preparou para ela um grande carnaval.

Na frente do café, um velho caminhão. Em sua carroceria, serpentinas, guizos, lanternas, e um tapete de confetes para a escrava que sorria. Reconstituo o rostinho juvenil, o cabelo em desalinho nos ombros, o olhar, o olhar profundo, a tristeza que o sorriso e a festa não dissimulavam. Mas não tenho palavras para exprimir quanto eras bela, escrava moura, dançarina, Julita Cortes Rodríguez das matinês no Cinema América, das sedas e das rendas negras, dos broches, das castanholas, dos pássaros que morriam cantando em tua garganta. Apenas te canto, corça fugidia, como te cantava a multidão no corso de 50. Vem vindo ao longe a banda dos negros, ó jardineira, por que estás tão triste, e no edifício da Rádio, nas sacadas do clube, nas grades da carroceria, as pessoas se debruçam para dizer que te amam e jamais te esquecerão. E serpentinas que sobem e descem fibrilando no ar e noivos de braços dados e jatos de lança-perfume e casais que trazem os filhos e beijos que te enviam com as mãos e uma mulher que te dá uma flor e um menino que grita alucinado e a música dos negros e um ar de corações despedaçados e lágrimas, lágrimas e lágrimas. A escrava recebe chorando as juras de amor de uma cidade. Mas a escrava era Alegrete. Nunca uma cidade amou tanto uma criança. Nunca um amor foi tão grande e tão bonito.

*

Julita Cortes Rodríguez nasceu a 9 de junho de 1935, nalgum palco do mundo, e desapareceu em Alegrete a 3 de maio de 1950. Passados tantos anos dessa quadra de paixão, foi-se uma geração, outra se vai, restam apenas os meninos do Alegrete de 50. E já ninguém se lembra dessa luz que se apagou. Os mais velhos morreram, e os que estão vivos são pessoas muito ocupadas para ficar lembrando, como os poetas, os vagabundos e os bêbados, dos amores do passado.

O Autor

Sergio Faraco nasceu em Alegrete (RS), em 1940. Nos anos 1963-5 viveu na então União Soviética, tendo cursado o Instituto Internacional de Ciências Sociais, em Moscou. Mais tarde, no Brasil, bacharelou-se em Direito. Em 1988, seu livro *A dama do Bar Nevada* obteve o Prêmio Galeão Coutinho, conferido pela União Brasileira de Escritores ao melhor volume de contos lançado no Brasil no ano anterior. Em 1994, com *A lua com sede,* recebeu o Prêmio Henrique Bertaso (Câmara Rio-Grandense do Livro, Clube dos Editores do RGS e Associação Gaúcha de Escritores), atribuído ao melhor livro de crônicas do ano. Em 1995, como organizador da coletânea *A cidade de perfil*, fez jus ao Prêmio Açorianos de Literatura - Crônica, instituído pela Prefeitura Municipal de Porto Alegre. Em 1996, foi novamente distinguido com o Prêmio Açorianos de Literatura - Conto, pelo livro *Contos completos*. Em 1999, recebeu o Prêmio de Ficção, atribuído pela Academia Brasileira de Letras à coletânea *Dançar tango em Porto Alegre* como a melhor obra de ficção publicada no Brasil em 1998. Em 2000, a Rede Gaúcha SAT/RBS e a Rádio CBN 1340 conferiram ao seu livro de contos *Rondas de escárnio e loucura* o troféu Destaque Literário (Obra de Ficção) da 46ª Feira do Livro de Porto Alegre (Juri Oficial). Seus contos foram publicados nos seguintes países: Alemanha, Argentina, Bulgária, Chile, Colômbia, Cuba, Estados Unidos, Paraguai, Portugal, Uruguai e Venezuela.

Obras publicadas:

Idolatria, contos. Alegrete: Cadernos do Extremo Sul, 1970; *Depois da primeira morte,* contos. Porto Alegre: Bels, 1974; *Hombre,* contos. Rio de Janeiro: Civilização Brasileira, 1978; *Manilha de espadas,* contos. Rio de Janeiro: Philobiblion, 1984; *Noite de matar um homem,* contos. Porto Alegre: Mercado Aberto, 1986; *Doce paraíso,* contos. Porto Alegre: L&PM, 1987; *A dama do Bar Nevada,* contos.

Porto Alegre: L&PM, 1987; *O chafariz dos turcos*, crônicas. Porto Alegre: L&PM, 1990; *Majestic Hotel*, contos. Porto Alegre: L&PM, 1991; *A lua com sede*, crônicas. Porto Alegre: L&PM, 1993; *Contos completos*, contos. Porto Alegre: L&PM, 1995; *Gregos & gringos*, crônicas. Porto Alegre: Mercado Aberto, 1998. *Dançar tango em Porto Alegre*, contos. Porto Alegre: L&PM, 1998; *Rondas de escárnio e loucura*, contos. Porto Alegre: L&PM, 2000.

Organização e edição:

DIVERSOS. *A cidade de perfil*. Porto Alegre: Secretaria Municipal de Cultura, 1994; DIVERSOS. *Contos brasileiros*. Porto Alegre: L&PM, 1997; ESPANCA, Florbela. *A mensageira das violetas*. Porto Alegre: L&PM, 1997; DIVERSOS. *Livro dos sonetos*. Porto Alegre: L&PM, 1997; DIVERSOS. *Livro dos bichos*. Porto Alegre: L&PM, 1997; DIVERSOS. *Livro das cortesãs*. Porto Alegre: L&PM, 1997; DIAS, Gonçalves. *I-juca-pirama*. Porto Alegre: L&PM, 1997; QUINTANA, Mario. *Antologia poética*. Porto Alegre: L&PM, 1997; CAMÕES, Luís Vaz de. *Sonetos para amar o amor*. Porto Alegre: L&PM, 1997; BILAC, Olavo. *O dinheiro*. Porto Alegre: Mercado Aberto, 1997; ANJOS, Augusto dos. *Todos os sonetos*. Porto Alegre: L&PM, 1998; TAUNAY, Visconde de. *Amor ao Brasil*. São Leopoldo: Unisinos, 1998; GONZAGA, Tomás Antônio. *Marília de Dirceu*. Porto Alegre: L&PM, 1998; DIVERSOS. *Livro dos desaforos*. Porto Alegre: L&PM, 1998; DIVERSOS. *Li-*

vro do corpo. Porto Alegre: L&PM, 1998; SHAKESPEARE, William. *Shakespeare de A a Z*. Porto Alegre: L&PM, 1998; DIVERSOS. *As árvores e seus cantores*. São Leopoldo: Unisinos, 1999 (c/ Maria do Carmo Conceição Sanchotene); ABREU, Casimiro de. *As primaveras*. Porto Alegre: L&PM, 1998; QUIROGA, Horacio e outros. *Decálogo do perfeito contista*. São Leopoldo: Unisinos, 1999.

Traduções:

ARREGUI, Mario. *Cavalos do amanhecer*. Rio de Janeiro: Francisco Alves, 1982; MONTEJO, Eugenio. *O poeta sem rio*. Porto Alegre: Movimento, 1985; GIARDINELLI, Mempo. *Luna caliente: três noites de paixão*. Porto

Alegre: L&PM, 1985; ARREGUI, Mario. *A cidade silenciosa*. Porto Alegre: Movimento, 1985; GIARDINELLI, Mempo. *O céu em minhas mãos*. Porto Alegre: L&PM, 1986; GIARDINELLI, Mempo. *A revolução de bicicleta*. Porto Alegre: L&PM, 1987; ACEVEDO DÍAZ, E. e outros. *Para sempre Uruguai*. Porto Alegre: Instituto Estadual do Livro, 1991 (c/Aldyr Garcia Schlee); MOROSOLI, Juan José. *A longa viagem de prazer*. Porto Alegre: Mercado Aberto, 1991; MAGGI, Carlos. *A história de Naná*. Porto Alegre: Mercado Aberto, 1991; MURGUÍA, Julian. *Contos do país dos gaúchos*. Porto Alegre: Mercado Aberto, 1992; MORAES, Jesús. *Os demônios de Pilar Ramírez*. Porto Alegre: Mercado Aberto, 1992; MATTOS, Tomás de. *Bernabé, Bernabé!* Porto Alegre: Mercado Aberto,

1992; CEBALLOS, José Gabriel. *Made in Buena Vista*. Porto Alegre: Tchê, 1992; SAGUIER, Raquel. *A menina que perdi no circo*. Porto Alegre: Mercado Aberto, 1993; MURGUÍA, Julian. *O amigo que veio do Sul*. São Paulo: FTD, 1993; ALCALÁ, Guido Rodríguez. *Caballero*. Porto Alegre: Tchê, 1994; MURGUÍA, Julian. *A guerra das formigas*. Porto Alegre: Mercado Aberto, 1994; QUIROGA, Horacio. *Vozes da selva*. Porto Alegre: Mercado Aberto, 1994; VILARIÑO, Idea. *Noturnos e outros poemas*. São Leopoldo: Unisinos, 1996; ARLT, Roberto. *Armadilha mortal*. Porto Alegre: L&PM, 1997; GIARDINELLI, Mempo. *Luna caliente*. Porto Alegre: Mercado Aberto, 1997 (edição revista); QUIROGA, Horacio. *História de um louco amor*. Porto Alegre: Mercado Aberto, 1998;

GORKI, Máximo. *Contos italianos.* Florianópolis: Garapuvu, 1998; QUIROGA, Horacio. *Uma estação de amor.* Porto Alegre: L&PM, 1999; QUIROGA, Horacio. *Passado amor.* Porto Alegre: Mercado Aberto, 1999; GALEANO, Eduardo. *De pernas pro ar.* Porto Alegre: L&PM, 1999; UNAMUNO, Miguel de. *São Manuel Bueno, mártir.* Porto Alegre: L&PM, 1999; QUIROGA, Horacio. *A galinha degolada e outros contos.* Porto Alegre: L&PM, 2001.

Coleção L&PM POCKET

1. **Todas as histórias do Analista de Bagé** – L. F. Verissimo
2. **Poesias** – Fernando Pessoa
3. **O livro dos sonetos** – org. Sergio Faraco
4. **Hamlet** – Shakespeare – trad. Millôr Fernandes
5. **Isadora, fragmentos autobiográficos** – Isadora Duncan
6. **Histórias sicilianas** – Giuseppe di Lampedusa
7. **O relato de Arthur Gordon Pym** – Edgar Allan Poe
8. **A mulher mais linda da cidade** – C. Bukowski
9. **O fim de Montezuma** – Hernan Cortez
10. **A ninfomania** – D. T. Bienville
11. **As aventuras de Robinson Crusoé** – Daniel Defoe
12. **Histórias de amor** – A. Bioy Casares
13. **Armadilha mortal** – Roberto Arlt
14. **Contos de fantasmas** – Daniel Defoe
15. **Os pintores cubistas** – G. Apollinaire
16. **A morte de Ivan Ilitch** – L.Tolstoi
17. **A desobediência civil** – David Henry Thoreau
18. **Liberdade, liberdade** – Flávio Rangel e Millôr Fernandes
19. **Cem sonetos de amor** – Pablo Neruda
20. **Mulheres** – Eduardo Galeano
21. **Cartas a Théo** – Van Gogh
22. **Don Juan** – Molière – Trad. e adaptação de Millôr Fernandes
23. **A mulher do Silva** – L. F. Verissimo
24. **Horla & outras histórias** – Guy de Maupassant
25. **O caso de Charles Dexter Ward** – H. P. Lovecraft
26. **Vathek** – William Beckford
27. **Hai-Kais** – Millôr Fernandes
28. **Adeus, minha adorada** – Raymond Chandler
29. **Cartas portuguesas** – Mariana Alcoforado
30. **A mensageira das violetas** – Sonetos – Florbela Espanca
31. **Espumas flutuantes** – Castro Alves
32. **Dom Casmurro** – Machado de Assis
33. **Ed Mort - todas as histórias** – Luis Fernando Verissimo
34. **Alves & Cia.** – Eça de Queiroz
35. **Uma temporada no inferno** – Arthur Rimbaud
36. **A correspondência de Fradique Mendes** – Eça de Queiroz
38. **Antologia poética** – Olavo Bilac – Seleção de Paulo Hecker Fº
39. **Rei Lear** – W. Shakespeare – Trad. de Millôr Fernandes
40. **Memórias póstumas de Brás Cubas** – Machado de Assis
41. **Que loucura!** – Woody Allen
42. **O duelo** – Casanova
43. **A mãe do Freud** – Luis Fernando Verissimo
44. **Gentidades** – Darcy Ribeiro

45. Memórias de um Sarg. de Milícias – Manuel A. de Almeida
46. Os escravos – Castro Alves
47. O desejo pego pelo rabo – Pablo Picasso
48. Os inimigos – Máximo Gorki
49. O colar de veludo – Alexandre Dumas
50. Livro dos bichos – Org. de Sergio Faraco
51. Quincas Borba – Machado de Assis
52. O marido do Dr. Pompeu – Luis Fernando Verissimo
53. O exército de um homem só – Moacyr Scliar
54. Frankenstein – Mary Shelley
55. Dom Segundo Sombra – Ricardo Güiraldes
56. De vagões e vagabundos – Jack London
57. O homem bicentenário – Isaac Asimov
58. A viuvinha – José de Alencar
59. Livro das cortesãs – Org. de Sergio Faraco
60. Últimos poemas – Pablo Neruda
61. A moreninha – Joaquim Manuel de Macedo
62. Cinco minutos – José de Alencar
63. Saber envelhecer e a amizade – Cícero
64. Enquanto a noite não chega – Josué Guimarães
65. Tufão – Joseph Conrad
66. Aurélia – Gérard de Nerval
67. I-Juca-Pirama *seguido de* **Os Timbiras** – Gonçalves Dias
68. Fábulas de Esopo
69. Teresa Filósofa – Anônimo do Séc. XVIII
70. Aventuras inéditas de Sherlock Holmes – A. C. Doyle
71. Antologia poética – Mario Quintana
72. Antes e depois – Paul Gauguin
73. A morte de Olivier Bécaille – Émile Zola
74. Iracema – José de Alencar
75. Iaiá Garcia – Machado de Assis
76. Utopia – Tomás Morus
77. Sonetos para amar o amor – Luis Vaz de Camões
78. Carmem – Prosper Mérimée
79. Senhora – José de Alencar
80. Hagar, o horrível 1 – Dik Browne
81. O coração das trevas – Joseph Conrad
82. Um estudo em vermelho – Sir Arthur Conan Doyle
83. Todos os sonetos – Augusto dos Anjos
84. A propriedade é um roubo – P.-J. Proudhon
85. Drácula – Bram Stoker
86. O marido complacente – Marquês de Sade
87. De profundis – Oscar Wilde
88. Sem plumas – Woody Allen
89. Os bruzundangas – Lima Barreto
90. O cão dos Baskervilles – Sir Arthur Conan Doyle

91. **Paraísos artificiais** – Charles Baudelaire
92. **Cândido, ou o otimismo** – Voltaire
93. **Triste fim de Policarpo Quaresma** – Lima Barreto
94. **Amor de perdição** – Camilo Castelo Branco
95. **Megera domada** – W. Shakespeare – Trad. Millôr Fernandes
96. **O mulato** – Aluísio Azevedo
97. **O alienista** – Machado de Assis
98. **O livro dos sonhos** – Jack Kerouac
99. **Noite na taverna** – Álvares de Azevedo
100. **Aura** – Carlos Fuentes
101. **O suicida e o computador** – Luis Fernando Verissimo
102. **Contos gauchescos e lendas do sul** – Simões Lopes Neto
103. **O cortiço** – Aluísio Azevedo
104. **Marília de Dirceu** – Tomás Antônio Gonzaga
105. **O Primo Basílio** – Eça de Queiroz
106. **O ateneu** – Raul Pompéia
107. **Um escândalo na Boêmia** – Sir Arthur Conan Doyle
108. **Contos** – Machado de Assis
109. **200 Sonetos** – Luis Vaz de Camões
110. **O príncipe** – Maquiavel
111. **A escrava Isaura** – Bernardo Guimarães
112. **O solteirão nobre** – Sir Arthur Conan Doyle
113. **Sexo na cabeça** – Luis Fernando Verissimo
114. **Shakespeare de A a Z** – William Shakespeare
115. **A relíquia** – Eça de Queiroz
116. **Orgias** – Luis Fernando Verissimo
117. **O livro do corpo** – Vários (org. de Sergio Faraco)
118. **Lira dos 20 anos** – Álvares de Azevedo
119. **Esaú e Jacó** – Machado de Assis
120. **A barcarola** – Pablo Neruda
121. **Os conquistadores** – Júlio Verne
122. **Contos breves** – G. Apollinaire
123. **Taipi** – Herman Melville
124. **Livro dos desaforos** (Poesias) – Org. de Sergio Faraco
125. **A mão e a luva** – Machado de Assis
126. **Doutor Miragem** – Moacyr Scliar
127. **O penitente** – Isaac B. Singer
128. **Diários da descoberta da América** – Cristóvão Colombo
129. **Édipo Rei** – Sófocles
130. **Romeu e Julieta** – William Shakespeare
131. **Hollywood** – Charles Bukowski
132. **Billy the Kid** – Pat Garrett
133. **Cuca fundida** – Woody Allen
134. **O jogador** – Dostoiévski
135. **O livro da selva** – Rudyard Kipling
136. **O vale do terror** – Sir Arthur Conan Doyle

137. **Dançar tango em Porto Alegre** – Sergio Faraco
138. **O gaúcho** – Carlos Reverbel
139. **A volta ao mundo em oitenta dias** – Júlio Verne
140. **O livro dos esnobes** – W. M. Thackeray
141. **Amor & morte em Poodle Springs** – Raymond Chandler & Robert Parker
142. **As aventuras de David Balfour** – Robert L. Stevenson
143. **Alice no País das Maravilhas** – Lewis Carroll
144. **A ressurreição** – Machado de Assis
145. **Inimigos, uma história de amor** – Isaac. B. Singer
146. **O Guarani** – José de Alencar
147. **Cidade e as serras** – Eça de Queiroz
148. **Eu e outras poesias** – Augusto dos Anjos
149. **A mulher de trinta anos** – Honoré de Balzac
150. **Pomba enamorada e outros contos** – Lygia Fagundes Telles
151. **Contos fluminenses** – Machado de Assis
152. **Antes de Adão** – Jack London
153. **Intervalo amoroso e outros poemas escolhidos** – Affonso Romano de Sant'Anna
154. **Memorial de aires** – Machado de Assis
155. **Naufrágios e comentários** – Álvar Nuñes Cabeza de Vaca
156. **Ubirajara** – José de Alencar
157. **Textos anarquistas** – Michael Alexandrovich Bakunin
158. **O pirotécnico Zacarias** – Murilo Rubião
159. **Amor de salvação** – Camilo Castelo Branco
160. **O gaúcho** – José de Alencar
161. **O Livro das maravilhas** – Marco Polo
162. **Inocência** – Visconde de Taunay
163. **Helena** – Machado de Assis
164. **Uma estação de amor** – Horácio Quiroga
165. **Poesia reunida** – Martha Medeiros
166. **Memórias de Sherlock Holmes** – Sir Arthur Conan Doyle
167. **A vida de Mozart** – Stendhal
168. **O primeiro terço** – Neal Cassady
169. **O mandarim** – Eça de Queiroz
170. **Um espinho de marfim** – Marina Colasanti
171. **A ilustre Casa de Ramires** – Eça de Queiroz
172. **Lucíola** – José de Alencar
173. **Antígona** – Sófocles – trad. Donaldo Schüler
174. **Otelo** – William Shakespeare
175. **Antologia** – Gregório de Matos
176. **A liberdade de imprensa** – Karl Marx
177. **Casa de pensão** – Aluísio Azevedo
178. **São Manuel Bueno, Mártir** – Miguel de Unamuno
179. **Primaveras** – Casimiro de Abreu
180. **O noviço** – Martins Pena
181. **O sertanejo** – José de Alencar

182. **Eurico, o presbítero** – Alexandre Herculano
183. **O signo dos quatro** – Sir Arthur Conan Doyle
184. **Sete anos no Tibet** – Heinrich Harrer
185. **Vagamundo** – Eduardo Galeano
186. **De repente acidentes** – Carl Solomon
187. **As minas de Salomão** – Rider Haggar (trad. de Eça de Queiroz)
188. **Uivo** – Allen Ginsberg
189. **A ciclista solitária** – Sir Arthur Conan Doyle
190. **Os seis bustos de Napoleão** – Sir Arthur Conan Doyle
191. **Cortejo do divino** – Nelida Piñon
192. **Cassino Royale** – Ian Fleming
193. **Viva e deixe morrer** – Ian Fleming
194. **Os crimes do amor** – Marques de Sade
195. **Besame Mucho** – Mário Prata
196. **Tuareg** – Alberto Vásquez-Figueroa
197. **O longo adeus** – Raymond Chandler
198. **Os diamantes são eternos** – Ian Fleming
199. **Notas de um velho safado** – Charles Bukowski
200. **111 ais** – Dalton Trevisan
201. **O nariz** *seguido de* **Diário de um louco** – Nicolai Gogol
202. **O capote** *seguido de* **O retrato** – Nicolai Gogol
203. **Macbeth** – William Shakespeare
204. **Heráclito** – Donaldo Schüler
205. **Você deve desistir, Osvaldo** – Cyro Martins
206. **Memórias de Garibaldi** – Alexandre Dumas
207. **A arte da guerra** – Sun Tzu
208. **Fragmentos** – Caio Fernando Abreu
209. **Festa no castelo** – Moacyr Scliar
210. **O grande deflorador** – Dalton Trevisan
211. **Corto Maltese na Etiópia** – Hugo Pratt
212. **Homem do príncipio ao fim** – Millôr Fernandes
213. **Aline e seus dois namorados** – Adão Iturrusgarai
214. **A juba do leão** – Sir Arthur Conan Doyle
215. **Assassino metido a esperto** – Raymond Chandler
216. **Confissões de um comedor de ópio** – Thomas De Quincey
217. **Os sofrimentos do jovem Werther** – J. Wolfgang Goethe
218. **Fedra** – Racine – Trad. Millôr Fernandes
219. **O vampiro de Sussex** – Sir Arthur Conan Doyle
220. **Sonho de uma noite de verão** – W. Shakespeare
221. **Dias e noites de amor e de guerra** – Eduardo Galeano
222. **O Profeta** – Khalil Gibran
223. **Flávia, cabeça, tronco e membros** – Millôr Fernandes
224. **Guia da ópera** – Jeanne Suhamy
225. **Macário** – Álvares de Azevedo
226. **Etiqueta na Prática** – Celia Ribeiro
227. **Manifesto do partido comunista** – Marx & Engels
228. **Poemas** – Millôr Fernandes

229. **Um inimigo do povo** – Henrik Ibsen
230. **O paraíso destruído** – Frei Bartolomé de las Casas
231. **O gato no escuro** – Josué Guimarães
232. **O mágico de Oz** – L. Frank Baum
233. **Armas no Cyrano's** – Raymond Chandler
234. **Max e os felinos** – Moacyr Scliar
235. **Nos céus de Paris** – Alcy Cheuiche
236. **Os bandoleiros** – Schiller
237. **A primeira coisa que eu botei na boca** – Deonísio da Silva
238. **As aventuras de Simbad, o marújo**
239. **O retrato de Dorian Gray** – Oscar Wilde
240. **A carteira de meu tio** – Joaquim Manuel de Macedo
241. **A luneta mágica** – Joaquim Manuel de Macedo
242. **A metamorfose** *seguido de* **O veredicto** – Kafka
243. **A flecha de ouro** – Joseph Conrad
244. **A ilha do tesouro** – Robert Louis Stevenson
245. **Marx - Vida & Obra** – José Arthur Giannotti
246. **Gênesis**
247. **Unidos para sempre** – Ruth Rendell
248. **A arte de amar** – Ovídio
249. **O sono eterno** – Raymond Chandler
250. **Novas receitas do Anonymus Gourmet** – J. A. Pinheiro Machado
251. **A nova catacumba** – Sir Arthur Conan Doyle
252. **O Dr. Negro** – Sir Arthur Conan Doyle
253. **Os voluntários** – Moacyr Scliar
254. **A bela adormecida** e outras histórias – Irmãos Grimm
255. **O príncipe sapo** e outras histórias – Irmãos Grimm
256. **Confissões** *e* **Memórias** – Heinrich Heine
257. **Viva o Alegrete** – Sergio Faraco
258. **Vou estar esperando** – Raymond Chandler
259. **A senhora Beate e seu filho** – Arthur Schnitzler
260. **O ovo apunhalado** – Caio Fernando Abreu

Coleção L&PM POCKET / GASTRONOMIA

1. **100 receitas de macarrão** – Sílvio Lancellotti
2. **160 receitas de molhos** – Sílvio Lancellotti
3. **100 receitas light** – Helena e Ângela Tonetto
4. **100 receitas de sobremesas** – Celia Ribeiro
5. **Mais de 100 dicas de churrasco** – Leon Diziekaniak
6. **100 receitas de acompanhamentos** – Carmen Cabeda

Coleção L&PM POCKET / SAÚDE

1. **Pílulas para viver melhor** – Dr. Fernando Lucchese
2. **Pílulas para prolongar a juventude** – Dr. Fernando Lucchese

Impressão

GRÁFICA EDITORA
Pallotti
IMAGEM DE QUALIDADE

Porto Alegre • RS
Fone: (0++51) 3341.0455
Fax: (0++51) 3341.8775
E-mail: pallotti@pallotti.com.br

Com filmes fornecidos